父亲的诗

■ 吴兵／主编

山东城市出版传媒集团·济南出版社

图书在版编目（CIP）数据

写给父亲的诗 / 吴兵主编 . -- 济南 : 济南出版社，
2017.3（2024.2 重印）

ISBN 978-7-5488-1763-5

Ⅰ . ① 写… Ⅱ . ① 吴… Ⅲ . ① 诗集 - 中国 - 当代
Ⅳ . ① I227

中国版本图书馆 CIP 数据核字（2017）第 044521 号

写给父亲的诗　吴　兵 / 主编

责任编辑·装帧设计 / 戚梅海

出版发行　济南出版社
地　　址　济南市二环南路 1 号 ^250002
网　　址　www.jnpub.com
电　　话　0531 - 86131726
传　　真　0531 - 86131709
经　　销　各地新华书店

印　　刷　山东百润本色印刷有限公司
开　　本　889×1194 毫米　1/32
印　　张　5.5
字　　数　80 千
版　　次　2017 年 3 月第 1 版
印　　次　2024 年 2 月第 2 次印刷
定　　价　49.80 元

发行电话　0531 - 86131730 / 86131731 / 86116641
传　　真　0531 - 86922073

目　录

吕德安
福建诗人
自由撰稿人

吕德安

父亲和我

我们并肩走着

秋雨稍歇

和前一阵雨

像隔了多年时光

我们走在雨和雨的间歇里

肩头清晰地靠在一起

却没有一句要说的话

我们刚从屋子里出来

所以没有一句要说的话

这是长久生活在一起造成的

滴水的声音像折下一枝细枝条

像过冬的梅花

父亲的头发已经全白

但这近似于一种灵魂

会使人不禁肃然起敬

依然是熟悉的街道

熟悉的人要举手致意

父亲和我都怀着难言的恩情

安详地走着

池凌云

浙江诗人
传媒工作者

池凌云

透过时间

一个老人回到病榻上
让一个英俊的少年慢慢出来
他管住他已很多年
双眼皮的大眼睛拖住清晨的光线
和蛛网。从未做过坏事
也没有做值得宣扬的大事
他的鼻梁高而直，像一架独自驾驶的
傲慢的马车。没有返回
他做到了：没有怨言
用根须抓住泥土，做一棵静谧的树
让叶子回到大地
但他什么话也没说
那么多风风雨雨都消失了
只有秋天涌动的云朵
朝冬天行进的天空
擦出银亮的火花。

2009.11.18

病中的父亲

喉咙切开一个洞，你才能呼吸
这是我们都想不到的，
呼吸的能力，这最简单的事
却需要重新学习。
你说话，却无法发出声音
你的惊讶让我痛心。
我向上苍祈求过，垂怜之神
迟迟不来。怎么这么慢？
刀子还在气管的部位划动
血渗出，让一切衰败成真。
父亲，今天，你是最无助的人，
你躺着，手指焦急地在被子上写字，
我不知道你要说什么，
后来你在纸上写下"缝"
你疑惑，伤口怎么没有缝起来。
是啊，就这样开着一个洞口
这多么令人不安。
但身体终于打开一个缺口
一生的积郁不平也可以透口气了。

但你已不能与一切错误争辩。

你说不出一个字，
闭上眼睛，陷入完全的沉默。
沉思这乡村民办教师的一生；
拥有四个子女，却无法解答他们的疑问；
与不识字的老伴走过的一生；
你再也不能向我讲述你的经历，
你的颧骨慢慢显露出
神秘的绝望。我希求你让我重新
幸福：拥有健康的父母，
即使劳作一生，依然失败
忍受四季的炎热和寒冷
清粥小菜，节俭度日
这一切多么好！
拥有热爱简单日子的双亲多么好！
拥有无法帮助子女渡过难关的父母多么好！
拥有一天两包烟的倔强老父亲多么好！
失落的一生，我们一起
做一个反叛者，我不喜欢你不听劝告，
你不喜欢我对你限酒限烟，
我们就这样活着吧，
只要简朴，只要有能活下去的力气
和智慧，只要忠实于我们自己的道德，
这一生，我们都不再抱怨
是谁连接了我们诞生的纽带，
我们都用心去相遇，在

黄金般光线的最深处，
我们要迷途知返，接受
空气中艰难呼吸的邀请。

2009. 10. 24~31

被迫的沉默有一道圆形的伤口

被迫的沉默有一道圆形的伤口
艰辛的日子，你倾听狂风
彻夜筑一座花园
在家乡的河面上。

你用深邃的眼神瞅着一朵
不存在的花，美和孤独
全由自己独享。
你不祈求，也不呼唤
让我的记忆空着
不停去寻找黑暗里的声音。

当新的空白与刀刃
切入血肉之躯，我们震惊于
这纯洁的虚空。我忘了

我们以前都说过些什么。父亲
你敞开的衣领，染上新的血迹
所有话语都默不作声。

我等待你重新开口，我们知道
只有少数人才能真正获救。
有时间你该说说你的绝望
而你从不向我诉说。
你知道，这世界上的凄凉
每一个人都得独自承受。

2010. 1. 28

回 忆

与你面对面，我就开始回忆。
你不多的话语，一点点抵达。

在最艰难时依然递送
失去言辞的命运。

轮廓即将失去图像，
危险的歌谣今天就要出发。

哪里有你散落的足迹？沉沉压下来
的天幕啊，
某一天，我将这样穿过大理石！
某一天，我将跟随冒烟的雨
把悲痛的大街小巷走遍！

2010. 2. 15

我腰系一根草绳

天空一层层降落。你刚从火中出来
炫目而柔软，全身都是韵律
为了不使自己迷路，我跟随
这洁白的灰。我害怕爱上这仪式：
空虚的天空
装着一颗空虚的心。

在你的葬礼上，我们一起度过
艰难的时光。我知道

咒语无用，逝去的不再回来。

而你一定能看见，我腰系一根草绳

围着插满七彩旗幡的灵柩转圈，

草绳的一头是我，另一头是灰。

我守护着被你遗忘的表情，

你的眼睛、鼻子和嘴唇

在我的脸上变得炽热。

烟霞跃过。我一直跟随你，

顺三圈，再逆三圈

让所有未被发现的路得到完成。

现在，我已经是火的女儿了，

我跟随你的节拍。你敞开的

脚步，沉默的声音

在疾驰。而你的呼吸，跟随

我的呼吸。永恒的沉寂

在咸涩的空气中。

2010.2.22

祝凤鸣

安徽诗人
学　者

祝凤鸣

苦艾诗

进城十年，今年春天，
父亲将两枝绿艾
斜插在我家防盗门上，
我惊讶于这冰冷铁管萌发的新芽。

从七月到九月，
天空阴晴不定，胎儿
在母腹成熟，艾叶渐渐干枯。

黎明的木盆显得粗糙，
新生的儿子在艾叶水中啼哭，
这弥漫的爱
这世间清苦的热气 ——

澡盆倾倒，那废弃的艾叶

如熟睡的蝙蝠
顺着下水道沉入远方

它能否惊醒，在地底深处，
扇动着漆黑的翅膀
能否有一天，它渐渐变绿，又重回世上？

鸟　巢

在我们乡下
最早的巢建在向阳的坡上
人们在日光里慢慢变黑

我有时深夜去井边
碰见乌鸦和鹭鸶
它们是否与我早逝的姐姐有关

在我们乡下
每棵桐树下都有一个人
你到门外晒衣服

往往能听到大雁的叫声

几千尺花布在空中升得更高
几千盏灯笼

多少夜　我碰见观望星宿的人
在月亮下回家
喉咙里发出斑鸠的声音
他说刚才有一只鸟
朝湖北飞去

在乡下　父亲总是搓着双手
笑着对我说
房子年久失修，鸟也没有了
那些巢又有什么用

音　讯

十一月　门前收割后的晚稻田里
渠水汩汩流淌

麻雀在寻找谷粒

在干燥的荆棘旁

祖母一边收衣　一边叹息

唉　都三十年了

祖父是在一个月夜被抓走的

傍晚西风吹过山脊

我和父亲站在坡上　松影里

一只黑狗睁亮双眼

父亲弯腰拾起一根白骨

细细打量

那是一根人的腿骨

远处屋檐下　祖母的身影

如皮影戏般摇晃

晚霞中　父亲一动不动

穿着灰布衣裳　仿佛一个戴孝的人

自　责

生活辽阔的海市蜃楼

退缩在电视中　父亲

长久怔望雪花沸腾的屏幕
聆听着表弟带来的乡村死讯

他的眼睛垒起碎冰　双手
迅急地掠过疼痛的肝部

父亲黑漆漆的脸孔
浮在午夜的空气里
他有着怎样的哀愁
他是怎样生活的?

李少君

湖南诗人
现居北京
文学工作者

李少君

傍　晚

傍晚，吃饭了
我出去喊仍在林子里散步的老父亲

夜色正一点一点地渗透
黑暗如墨汁在宣纸上蔓延
我每喊一声，夜色就被推开推远一点点
喊声一停，夜色又聚集围拢了过来

我喊父亲的声音
在林子里久久回响
又在风中如波纹般荡漾开来

父亲的答应声
使夜色似乎明亮了一下

蓝 蓝

河南诗人
文学工作者

蓝 蓝

一个幸福的上午

十月一号去谢堂村
老父亲领着外孙女走在坎坷的土路上
阳光明晃晃地照着池塘

拖拉机在村边突突地耕地
四周泛起泥土的芳香
洗衣的女人蹲在河旁，一截腰肢
把河水灿烂地照亮

牛拉着大捆的玉米秸蹒跚走着
还有鸭子，雪白的鹅
藏在豆荚下的蝈蝈
从孩子们的眼睛里蹦出。

……老父亲啊，
我正慢慢变得比孩子还要小
比叶子更轻地漂在往昔的溪水中 ——

2000. 10

大卫 原名魏峰

江苏诗人
现居北京
文学工作者

大 卫

写给父亲

不敢写到落日
特别是平原上的那种
我怕写着写着
就写到你滚动的喉结
每一片云朵
都是花的一次深呼吸
从流水开始，我们互为陌生
那个夏夜，你预感到什么就要熄灭
说要抱抱我
—— 就一下
你甚至从软床上艰难地坐起来
做出纳我入怀的姿势
因为莫名的恐惧
不敢靠近你，仿佛你是

我的敌人

最终没有抱到我

你绝望得更像一个敌人

怕我一个人太冷

你把整个夏天留下

把你的女人留下，把绵羊留下

山羊也留下

此前，我们不曾有过交流

甚至刘大家那棵泡桐开出的一树繁花

也不在我们讨论之列

不曾有过争吵，红脸也没有

你不曾打过我，不曾

亲过我，你不懂什么叫

以吻加额

对我，你不曾有过细腻

亦未曾有过辽阔

以至于这些年来

除了把平原写尽

我还不能具体地写到某一个男人

四十九是你留下的最后一个数字

还有八年，我就追上你的年龄了

此刻，又是七月

一切皆虚妄
倘若面对面地坐着
浊酒一杯
我与你，当是最好的兄弟

昨夜雨水，有的渗入地下
有的流向远方
今天上午，走在北京街头
突然想起你，泪水盈睫
我几乎就要站不住了
有那么三秒
万物因我而摇晃
不管一滴泪还是整个世界
凡是热的，我都得忍住

你我皆为没人疼的孩子
和我相比，或许你更需要
一个父亲
一起走过的日子，只有七年
多年父子成兄弟
——我们不是多年父子
所以，不是兄弟

我的父亲是蓝的

我的父亲是蓝的

他骑白马的时候是蓝的

他骑白马挎小刀的时候也是蓝的

我的父亲是蓝的

有时是天蓝，有时是湖蓝

有时是湛蓝，我的父亲

有时候搬着小板凳坐在院子里

他的肩膀是蓝的，头发是蓝的

呼吸是蓝的

流水经过他的双肩

他的双肩也是蓝的

我的父亲是蓝的

他常常喜欢一个人

走到河的对岸

有一天他抖擞了一下全身的毛发

竟真的走到了河的对岸

我和母亲，姐姐站在河的这一边

看父亲慢慢地变成他喜欢的蓝，绝望的蓝

一去不复返的蓝

我的父亲永远变不成泪水里的蓝

泪水只在人间

而且，人间的泪水都蓝得有点咸

桑 克

黑龙江诗人
传媒工作者

桑 克

刨 木

仓房的灯亮着。隔着门缝，

我看见清癯的父亲，在刨木板，

他面容严肃，仿佛在与大师对谈。

我走进去，他不发一言，继续

他的工作。白色的木卷流畅地

翻出刀架，如一张净纸等我着墨。

我拣起一片，细心地抒平，

杨木的芳香悄悄抵达我的肺管。

我在旁边看出门道：刨木不难，

只要双肩持平，保持直线。

"爸，我也试试。"父亲递过木刨，

我挽袖弯腰，紧记观察的要领。

我推着。未到中途，刨刀突然卡住。

原来，它不曾向前，而是向下。

刻出的凹槽，仿佛幼女脸上的疤痕。

我愧疚地战栗，双手相互绞动。

父亲：你的确了解平衡的技巧，

但你缺少必要的力量。等你年长，

你或能拥有。而我年长，我才明白：

父亲是在教我，怎样写好诗歌。

2005. 11. 21, 23：15′

李志勇

甘肃诗人
公务员

李志勇

旧日子的语言

父亲说：把你的脑髓擦掉。意即：让我把鼻
　涕擦掉

父亲说：把你的尾巴剁掉。意即：我进屋时
　要随手关门

雪在门外闪着光芒

父亲说，把你的尾巴剁掉，意即：让我老实
　做人

雪在门外闪着光芒。意即：死亡在门外等着
　进门

太阳，一直走到了我们房顶似乎才轰然一声
　燃烧起来，让

屋顶的积雪开始了融化

太阳，意即时间。而时间，意即父亲。父亲

　　意即语言

父亲放下手中的书本，意即：我们可以打开

　　收音机了

父亲沉默，意即：他同意，或不同意都没什

　　么，但他还能沉默

雪又开始飘了起来

雪，意即给他的悼词，或给我的白色的易毁

　　的玩具

敕勒川　原名王建军

内蒙古诗人
自由撰稿人

敕勒川

父亲，我又想起了你

父亲，我又想起了你，在这个深秋
树叶一片一片落下来，仿佛是天
一片一片地又塌了一次……塌到最后
只剩下一个男人，嶙峋的瘦骨

父亲，你活着的时候，肯定也是这样
一片一片疼我的……疼到最后
把自己疼成了天堂里的一道闪电 ——
突然，脆弱，身不由己

此刻，秋风一阵紧似一阵……
父亲，是不是，天堂与人间
只隔着一场秋风，隔着
一场彻骨的凉

风吹大地，也吹着我的心口

从此，你让我对着谁喊：爸爸
谁，又能像你那样，用一生
来慢慢地答应我

一次次，我仰望天空，父亲
除了苍茫，我没看到任何东西
告诉我，父亲，你的孤单是一座天堂的孤单吗
你的挂念，是一个人永生的挂念吗

真希望天堂里也有冬天，天冷了，父亲
你就知道回家了 ——
那破风箱似的喘息仍然等待着你……
那些吵闹、泪水、无奈仍然等待着你……

是的，父亲，我又想起了你，仿佛
你离去后，才真正成了我的父亲
让我挂念，心疼，心生懊悔，一次次
泪流满面

现在，我代替你活着 ——
一个父亲代替另一个父亲活着
这就是命运，但远不是生活的全部
我只想把你留下的爱，干干净净地用完

黑白铁加工：写给父亲

你从未打造出一颗星辰！但是父亲
你仍敲打着，从不停手
一个老人的汗水，还是那么年轻

你把黑夜打得多薄，你把白天打得方方正正
阳光下，你鼻尖上悬着的那一颗汗珠
就要滴落下来

但是父亲，你从未打造出一颗星辰！
你只是敲打着，不停地敲打着，左手扶住
那些或薄或厚的铁皮，右手挥起拍板 ——

终于滴落下来，一颗汗珠
裹挟着闪电、雷鸣、酒气、烟雾以及
似乎永无尽头的破风箱似的喘息……

父亲的遗像

他的沉默与生前一样，只是目光更加孤独
他额头上的皱纹清晰深刻，像凝固的波涛
是不是在他心里，有死亡也解不开的忧愁

他像生前一样，用沉默塑造着自己
把一生的爱，倾注于卑微的辛劳中
我知道，除了死亡，他从没有为自己活过一
　　天……

现在，我将他孤独地怀念，一再告诉自己
死亡不过是一个人从家里搬到照片上居住
而把心跳和疼痛寄存在另一个人身上

借助这心跳和疼痛，我再一次认识了这个我早已
认识的人
一个男人，卑微的劳动者，儿子，丈夫，父亲……
他已死去，现在在我身上，继续死着……

中秋的月亮或者父亲

那些灯火总是比月亮更早点亮，它们

像一个人心中按捺不住的想法，汩汩

往外冒

那些灯火不照亮灵魂，但它们温暖

今夜零乱的道路：只有家

才能让那些勇往直前的道路，停下脚步

今夜，每一方窗口中都有一个月亮

我是不是可以对着这一爿晶莹喊一声：父亲

可我知道，父亲，你没有它那么亮

你像一个做错事的孩子，躲在人们看不见的

　地方

父亲，你的孤单，是今晚的月亮

圆满，辉煌，不可承接

李满强

甘肃诗人
公务员

李满强

进城的父亲

老旧的蛇皮袋里
满满当当地装满了
新挖的洋芋，面色姣好的苹果
一束带着露水的葱
父亲的黄胶鞋上
还沾着老家新鲜的泥巴

父亲说
家里的老母鸡蛋下得勤快
他一个人吃不完，下次多带些来
父亲说，今年的苹果长得像我儿子的脸
肯定能卖个好价钱
父亲还说，村头的五保户老太太去世了
红娃的媳妇又生了一个女儿

仅仅吃了一顿午饭

父亲就嚷着要回乡下去

父亲说你们这火柴匣匣

连个坐的地方都没有

父亲说他临走的时候大门也忘了关

父亲说老母鸡得有人喂食

在送父亲去车站的路上

天空飘起了雨丝

父亲跟在我身后

亦步亦趋

像个胆怯的孩子

闪躲在杂乱的车流里

而秋雨越下越大

仿佛某些我们熟视无睹的恩情

2008. 9. 29

剥玉米

整个下午

我和父亲坐在老家的屋檐下

剥玉米

他在左边，我在右边
有时候，我们会看对方一眼
默契地点燃彼此递过来的烟卷
更多的时候，我们什么也不说
只是专心致志地剥玉米

身边的玉米
一个一个被我们剥开
每剥开一层玉米皮
我的内心都要狂跳一下
我看到那些黄金般细密的牙齿
紧紧咬在一起，似乎在克制着什么
我差点就要喊出来：
　"这就是生活的真相……"

但是父亲沉默着
其实我想和他说说小麦，果园和今年的雪
说说刚刚去世的满祥妈
但是他安静得像一株老玉米
父亲今年66岁了，他的大半生
都在种玉米，收玉米，剥玉米中度过
这简单重复的生活
已让他失去了说话的气力

2009

王志国

藏　族
四川诗人
教育工作者

王志国

父亲的电话

揣在胸前贴身的口袋里

铃声响了很多遍

也不接听

只是偶尔拿出来看一看时间

然后又重新揣进去，像想起一个人

想起她温暖的手曾经的抚摸

想着想着就走神了

想着想着突然就孤独起来

想着想着就恍惚了

不得不又拿出手机，看一看

今夕是何年何时？

陷在回忆里是危险的，他却总是沉迷其中

历经生死离别，尝尽了人间悲欢苦乐

除了缓慢的时光，除了怀念

世间的喧嚣，在他的生命里已掀不起多少波澜

母亲走后，父亲的耳朵越来越背

他的世界变得静悄悄的

任凭巨大的手机铃声响彻云霄

他也不接听，不是他完全听不见

而是担心母亲的手机里

突然传来熟悉的声音

他会忍不住，把三年多蓄积的悲伤

大声说给她听

思念的深渊再深，也不能把人间的话说给死

　人听

有些话无法说，只能在心里默默地念

像胸前贴身口袋里的这部手机

手机是磨掉了漆面的，号码是母亲的

装手机的线套子是母亲织的

现在父亲接着用

就像母亲走了，手机替她活着……

2015.01.01

离离　原名李丽

甘肃诗人
文学工作者

离 离

灯

两块多钱的一瓶白酒

他偶尔喝一口

不管喝不喝酒，妈妈都会和他吵架

当时我们已经和哥哥分了家

就剩下三个人

三个被子，一些粮食和不多的债务

天黑时，父亲会拿出那瓶白酒

轻轻喝一口，再盖上盖子

他把喝剩的酒放在柜子里

他把剩下的自己藏在被子里

我从来没有看到过

一个老男人怎么哭

当时我七八岁的样子，有时会拿

他喝空了的白酒瓶子买煤油

不过两里地，他总要叮嘱几次

直到我真的听烦了，跟他嚷嚷

我们用买回来的煤油点灯
我在灯下写作业
在灯下慢慢长大
不知什么时候，我在一盏明亮的电灯下
看见如此苍老的父亲
白酒再也挽救不了他
他躲进被子里
再也没有醒来

在车站

十几年前，还是在车站
他靠着对面的墙，慢慢坐下去
他的旧衣服，就要露出
灰白的棉，那时候我们真穷
他都不能穿一件更体面的衣服
到车站送我

我挤在等车的人中间
偷偷看他，他对着我笑
我到现在都后悔
那时没有冲过去

再抱他一下

车来了又走了
反复了一两次，最后他急了
走吧，赶紧走吧 ——
他张着忘了带假牙的嘴，没有一点生机
过完那个冬天，他真的
走了

很多事

睡不着的时候
就开始数数，数着数着
又要从头再来

一直想给他写一篇文章
后来却写了诗歌
可惜他都看不到了

想在他的坟前竖一块碑
再栽几棵松树
内心无助时都可以去靠一靠

不管是他还是我

想了很多都没有做的事
我想他能够原谅我吧
每次我去看他
坟头的草会轻轻地动

一定不是风
在吹

祭父帖

最近我很难过，唯一能想到的亲人就是你

可你在深土里，那年我们一起动手把你埋了，

我很后悔。现在。

也许你试过很多种方式，想重新活过来。

要是选择植物，你一定能高出自己大半截了。

可你坟头的草，长高的那些都被村里的傻子

　割了。

我刚刚从田边走过，每年的庄稼哥哥都收了，

他说你也不在其中。

如果，你选择的是昆虫，我不知道
你会喜欢哪种昆虫的名字。
那时候家里飞进一只七星瓢虫，你会马上捉
　给我看，
就在你的手心里，红色的身子上有黑斑点。
现在我的左手手心里捧着一只，貌似多年前
　的那只。

我右手的食指正要轻轻地碰碰那只觅食的蚂
　蚁，它真瘦。
我反复寻找它的骨头，突然就触到你的。
已经不能再瘦了，那些骨头。乱了。散了。
十一年间，我是没有父亲的孩子，但想象过
很多种骨头排列的形状。即你的样子。
原谅我，父亲。

也许就是这只蚂蚁和它的同伙
动过他们，改变了原来的你。

之前每次来看你，妈妈说少在你坟前放食物，

怕招来虫子。也许就是这个道理。

怕它们吃着我留给你的食物，

闻着气息，就找到下面的你。

可我每次都没听她的话，也许我真的会

害了你，我可怜的父亲。

这一年我过得并不好，就加倍地想你。

有时在夜里哭醒，睁着眼睛看看

窗帘上的月光，想你若是光，飞来。

你可以上到天堂（是我所愿的），

也可以回到人间（是我所等的）。

光穿不透的地方，再不要去了，

比如地下。我再也不会借着土的力量，

把我们分开。

阳 飏

甘肃诗人
文学工作者

阳　飏

纪　念

除夕之夜

我在楼下十字路口

给父亲烧了些纸钱

儿子陪着我

个头一米七八的儿子

这一刻突然使我感到老了

我对儿子说——

以后我死了，逢年过节不用烧纸钱，只在心

　　里想想就行了

儿子默不作声

更好地活着，就是对死去的亲人最好的纪念

这话我说给自己，也说给儿子

儿子默不作声

十八岁的儿子，还不懂死亡

以及死亡留下的重量

我和儿子回家

横穿马路的时候

他搂了一下我的肩膀

扶 桑

河南诗人
医务工作者

扶　桑

爸爸的照片

我穿着花棉袄
头上扎着可笑的
朝天辫，专心致志
玩
童年，胖出酒窝的手指

爸爸在笑
爸爸抱着我
爸爸仰脸把我举向一棵开着繁花的树
爸爸把我举向春天
明亮的阳光

这印象终生不灭

爸爸的脸
多么年轻、英俊啊

阳光，一闪一闪
在爸爸的脸上笑得那么欢
爸爸就是春天?

这印象终生不灭

爸爸
是谁让你做了我的爸爸我永远的
春天?
四十年，你手掌的温度
我片刻不曾稍离

六十六岁了你
重病在身。如今
你的脸：消瘦的黄昏。
有一天它还将
消失，在一个世界末日
的日子

可是活着这世界怎么能忍受失去
你的脸?
它所有的照片都珍藏在
我心里。再没有谁能把它
偷走

2010.6.3

路 也
山东诗人
学 者

路　也

四年祭

四年了——
他植种的虎尾兰，一盆分株成了三盆
绝望的墨绿，围着淡黄斑纹的寓言
叶片舒展之姿保存对他培土动作的记忆

四年了，依波牌石英手表还在走动
只是表链表盘冰凉，手腕不在了，脉搏和体
　　温没有了
如今大地与苍穹合并
他生活在时间之外

四年过去，宅门镀金把手上，他的指纹消隐
手机易主，财产公证，媒人拜访他的遗孀
哦生活，就这样涂了一层新漆
一切都遵循快乐原则

四年里，放大的黑白照片上，人未曾衰老丝毫

浪迹国土，终在这扁平之隅安歇
衬衫上的方格子支撑并规范着形体
灵魂框在像框里，镶暗灰色花纹，四四方方

四年，那辆撞他的汽车，轮胎老化，零件生
　　锈，内脏开始腐烂
红绿灯一直在用意念模拟他的疼痛
那条他躺倒过的路面，虚情假意
遮住了柏油的凶光

四年来，有人刚好读完一个本科
大地摇晃，矿脉抽搐，河流颜色又加深一寸
新添病毒叫做H1N1
有人从田径场跑出了国界，卫星飞过宇宙的
前额

（他的猝然离去，杀了那个过往的我
与此同归于尽的，是体内的社交恐惧症
我逼自己以爆破的勇气
在头脑里硬硬地开辟出一条地平线，已经过
　　去了四年 ——）

我在没有他的人世间活了四年，继承他的蓄
　　储和残疾
偏安汉语边陲

心在城北，身住城南
天天给他写信，从未得到过回音

地球绕太阳转了整整四圈
四次擦过天堂边缘，那里临近人世的屋顶吧
每当昂首，总听到一片云对我说：
　"我在天空等你"

遗 传

他的基因在我的血液里低语
我跟他一样：下巴瘦削，鼻翼浑圆，双眼皮
三至五层
一行动就行到准则的背面，一写字就写到稿
　纸的外面
有我在，怎能说，他那条短短的命
已消失？

大地主的孙子、战地记者兼小学校长的儿子
在讲台上滔滔不绝，被多余而无用的才华
绊倒在青年时代

中年割据，未经老年就跟世界结账

如今轮到了我，手握的每一支白粉笔里都有
　　他的魂魄

我是他的纪念碑，他生命最末页的标准答案

他把数学搞成文学，用代数计算万水千山

以几何求证离合悲欢

而我把汉字排列组合，让名词动词与形容词

进行运算

使数字绽放成漫山野花

我是他在这人间的老调重弹，谁说

他已不在？

他常靠喝酒返回唐朝，我紧跟其后，成为家
　　中新一代饮者

我的性别为我增加危险系数

三杯两盏过后，便能飞越珠峰，就敢只身去
　　拉美

从公寓三楼俯瞰人生，心高气傲

有我在，怎能说他已离去？

他的躯体破烂了，化了灰，随风逝去

失去庇护的精神曝了光，在过去和未来之间

叮当作响

可是，当梦对折，当病重叠

我代表他
站在转动的地球上

为防不测，他拷贝一个小一号的自己，留在
　人世
把命给了我，把魂寄于我，让我替他往下
　活，凭什么说
他已经死去?

山中墓园

他下葬那天，天气晴好
等到达墓地时，一阵风却吹破了云天
石匠的敲打声惊扰地府
从地球上钻个洞，安放进我的父亲

墓位于山坡，可望见低处的田畴、湖泊和白
　杨幼林
父亲那双热爱自由的眼睛
可以眺望远方

紧挨墓园往北的巨大土岗，是齐景公之墓
从此，父亲跟春秋时期人物没有不同
庶民与帝王抵足而眠
都称作古人，进入史书或家谱

石头可以砌成房子或铺成道路
而在这里，用作纪念和遗忘
（它羡慕建房铺路的同类享有明亮的热闹
而后者则向往它能够独处，日日作哲学思考）
无人祭扫时的寂寥
将在时间里生成苔藓和蕨草

这是穿过无数道门，最后进入的门
一旦进去便永远关闭
墓碑上姓名，是有道德感的宋体
出生日期和死亡日期，中间隔了"—"，遥
遥相望
死亡时期总想朝着出生日期返回，沿途寻找
遗失的一切
一生发生过多少事，似乎都并不存在

供品是点心、橘子、酒和鱼，在一个个小碗
　里摆放
有无人食用的侥幸
一束白菊在守丧

花枝摇曳遮住碑碣的脸庞

那抔灰烬一定还记得它来自的那个躯体
做着还原并复活的努力
让风把呼吸吹送进去
灵魂出了时空的海关，就叫它回来
若已走失，那就与我共用一个
（好灵魂总是轻盈、巨大、安详）
我想让那人从花岗岩下面出来，继续做我的
　父亲

脚边一株蒲公英，不介意生于何世
天空空无，并不透露天堂的消息
身影在斜阳里拉长又缩短，无可期也无所依
继续留在活人中间
不停地追问死亡，一直追问到死的那天

秋深了，天黯淡下来
被收割的不是庄稼，而是
我们。

阿信　原名牟吉信

甘肃诗人
高校工作者

阿　信

给父亲

死亡是一种自然，我已接受很多。

但这一次，是一次痛苦接受。

没进行对话和沟通，没有预谋和妥协。

单方面决定，一意孤行，甚至

起码的告别都被取消。

睡眠和死亡如何划界？什么样的存在

才配修炼通往冥界的穿越术？什么样的传唤

如此峻急和迫切？不可能再有答案。

一次散步，走出太远。

一次晚餐，突然多出一副碗筷。

只有接受。只有寄望于

羁绊一生的愁苦、劳累、哮喘、伤病……

不再跟随你。带给你生之安慰的

田园、水井、鸡舍、犬、骡子……

都随你而去。

愿生活继续。梨花如期

开遍故乡的山岗。兄长们在梨树下劳作，

种植瓜果和菜蔬。我重新上路

带着你早年间买给我的那把

上海牌口琴。我要在长路上再一次把它吹响。

2016.1.28

王 妃

安徽诗人
高校工作者

王　妃

父亲节

早上下雨了。这多么好
符合我想你的心情
今天，朋友圈里只会出现一个词：
父亲。

父亲父亲父亲……长眠地下的、奔走人间的
父亲，他们手挽着手，撑着这片湿漉漉的
　天空
我就走在这片天下，雨水打在伞上 ——
在忽快忽慢、忽远忽近的节奏里
我抬起泪眼
看见了卖菜人的白头发和白胡子

哦，父亲！

他多么辛劳又多么幸福

今天，一定有人像我现在这样

傻傻站在他的面前，喊一声：父亲

却又忘记说：我爱你

喜相逢

他手捧一碗热粥

站在我上班必经的小路旁

右手钳着的竹筷几乎是停顿着的

我想起父亲，立于香樟树下

笑眯眯的，摊开双手

洗好的几颗毛桃还在滴水

差不多的身高

差不多的清瘦

差不多的，一张须发皆白的脸

隔着升腾的热气

我看他的眼睛有些迷蒙

有些潮润

我想说：我有一个好父亲。

他是否也有一个好女儿?

可我的父亲已经不在了……

他一定是知道的

今天，他和父亲一样，手捧热粥

戴了一顶新的黑色呢绒帽

邹汉明

浙江诗人
传媒工作者

邹汉明

五百只虫子

——我的父亲节

五斤赤豆

远远不止五百粒的紫红

赤豆的基数甚大

我数不出

若要我估一估其中的父爱

基数则更大

只能把五斤父爱装入后备箱

两天两夜之后

打开车门

背上保险带

试着转动一枚钥匙回家

经所前街、衣裳街、湖嘉高速

返乡的歌子唱起来

可赤豆里的小飞虫甚不安分

一只一只又一只……

乌墨墨，一大片

节日狂欢似的，一切证明

父亲的赤豆，完全绿色、环保、无污染

五斤父爱里飞出来

至少五百只小虫

想想都是很喜剧的一幕

这五百只黑虫皆塔鱼浜所产

它们甚至可以下饭

完全像赤豆一样有着紫红的营养

张洪波

吉林诗人
出版工作者

张 洪 波

父亲的墓地

四周的树木静立着
我站在一座军营的面前
这是父亲最后的驻地
熄灯号刚刚响过

他的枪声已经远去
冲锋的步伐也停了下来
他不再发布命令
但他一生的英雄气
仍在大地的深处流动

被埋葬的只是曾经的战争
而一个正直坦率的人生

在自己和平的营盘静静凸起

我把那些雪扫开

看到了父亲沾满硝烟的名字

献上一束他从来都不喜欢的鲜花

却没有听到熟悉的严厉斥责……

2008. 1. 29

谢湘南

湖南诗人
现居深圳
传媒工作者

谢湘南

回到故乡，天气出奇暖和

和父亲睡在同一张床上，像小时候那样
抠他的脚指头。这都是些
回忆中的事 ——

满地的白菜被暮霭包裹
弓着背，像有一种声音命令他去亲吻
那最终融入土地的是脸的模糊

没有一个夜晚让我感觉如此逼真
睡在另一头不时吟痛的人
仍然是我小时候的父亲

日复一日劳作，似乎并非时间改变躯体
的温暖。我小心翼翼
不敢喘出大气……

汤养宗

福建诗人
公务员

汤养宗

父亲与草

我父亲说草是除不完的

他在地里锄了一辈子草

他死后，草又在他坟头长了出来。

2011. 2. 28

杜 涯

河南诗人
自由撰稿人

杜　涯

椿　树

有一年我站在门口，看见你
在树影里修理镰刀
头顶的树冠高耸，更接近云雀

又一年我站在门口，看见你蹲着
抽着秋天的烟叶，剧烈地咳嗽
树叶也配合着凋谢

有一年黄鹂在树上叫着空灵
麦田在村外已成为黄金

有一年，明月光临台阶

神仙自天庭传来福音

我站在门口喊"大"，心里藏着桐花

又一年你坐在树影里

心里开始生长病痛

又一年我站在门口，看见你身着

蓝袄，被放进树下的棺木

木楔子咚咚砸进棺盖：它们共有四个

又一年，我站在门口，看见

椿树下的寂静，世界的空茫

相信：死亡，它是一个妖精

2005. 11. 10

庞余亮

江苏诗人
公务员

庞余亮

亲爱的老韭菜

除了那年在县城火葬场
与父亲的最后一面，锈迹斑斑的大铁门
把我的泪水哐当震落
整整八年，我没有流过一次泪水
也没有说过父亲一次坏话
没有父亲的日子里，我只能说，母亲
我们继续炒父亲喜爱的老韭菜
火要大锅要热油要沸盐要多铲要快
过去他吃韭菜，我泡咸汤
现在你吃韭菜，我泡咸汤
我能吃下三碗粗米饭
直到饱嗝儿，像鱼泡一样升到童年的河面
母亲，捧了这么多年饭碗
我最好的食谱就是童年，就好像
父亲毫无理由的殴打

其实被自己父亲打，不值得骄傲

也不必羞耻。现在说起来

我一点也不疼了。八年了，我吃了八年炒韭菜

没敢说父亲一句坏话

我现在想说说：一年夏天

从未管过家务的父亲突然买菜

五斤老韭菜像一捆草，那么多

黄叶烂根。我拣了半天，你炒了一碗

老韭菜暧昧的女卖主

比老韭菜更加难以炒熟

母亲，你心平气和，不像我

猛然把韭菜汤泼掉

还泼掉了我的委屈的泪水

现在想起来，昔日的韭菜汤

不是因为太咸，而是因为太淡

八年了，父亲，今天说出了你的坏话

我有点孤单，有点酸楚

嘴里还有点幸福的咸味

火要大锅要热油要沸盐要多铲要快

母亲，我向你学习

我要把这没有父亲的生活

称之为亲爱的老韭菜

马蹄铁

——致亡父

四道粗麻绳捆住了一匹马
四个麻铁匠抡起了大铁锤

钉马掌的日子里
我总是拼命地隔着窗户喊叫
但马听不见，它低垂着头，吐出
最后一口黑蚕豆

畜生！父亲劈手一鞭子
这是为我们家的马好呢
……他双手还是提出了粗麻绳

哦，马蹄铁，我哭着狂奔
脚下的马蹄铁越跑越重
又越跑越轻盈，得得，得得——

疼痛早已消失，步伐也越来越中年
我睁开眼来——
父亲，我自以为跑遍了整个生活
其实我只是跑出了一个马蹄形的港口。

代　薇

江苏诗人
传媒工作者

代 薇

千言万语，一声不响

对于真正在意的人
我很少提及
一些时常挂在嘴边的名字
只是烟幕，就像
一个重要的日子
隐藏在众多寻常日子里
我必须以假乱真
才能瞒天过海掩护你
"千言万语，一声不响"
忘掉是一般人能做的事
可我决定不忘记
我拒绝成为一个幸福的人
有了幸福便有了恐惧
你走了真好
不然总担心你要走

吴少东

安徽诗人
公务员

吴少东

孤 篇

秋后的夜雨多了起来。

我在书房里翻检书籍

雨声让我心思缜密。

柜中，桌上，床头，凌乱的记忆

一一归位，思想如

撕裂窗帘的闪电

蓬松的《古文观止》里掉下一封信

那是父亲一辈子给我的唯一信件。

这封信我几乎遗忘，但我确定没有遗失。

就像清明时跪在他墓碑前，想起偷偷带着弟弟

到河里游泳被他罚跪在青石上。信中的每行字

都突破条格的局限，像他的坚硬，像抽打

我们的鞭痕。这种深刻如青石的条纹，如血脉。

我在被儿子激怒时，常低声喝令他跪在地板上。

那一刻我想起父亲

想起雨的鞭声。想起自己断断续续的错误，

　　想起

时时刻刻的幸福。想起暗去的一页信纸，

若雨夜的路灯般昏黄，带有他体温的皮肤。

"吾儿，见字如面：……父字"

哦父亲，我要你的片言只语

刘 春

广西诗人

传媒工作者

刘　春

第三首关于父亲的诗

在某一首诗里，他曾被安排死去
也许他读过，也许没有
但我问心有愧，不止一次地
解释，写诗就像
做梦，是"闹着玩"，何况
标题还有"虚构"字样
他不置可否，继续下棋、看报
哼他的彩调
可有一次，他突然冒出一句
"人活几十年，也够了"
让我愣了老半天。
在另一首诗里，这个六十五岁的
老头，有另一种形象
那是一九九〇年，我十六岁
去四川读书

他送我到南宁
列车开动的一瞬，我看见
他的背影瘦小而落寞。
现在，我又在写他
悄悄地，充满感情
他在另一间屋子忙自己的事情
具体地说，是在厨房
完成替儿子做饭的任务
他老爱把饭煮焦，在菜里
放很多盐
我吃得难受，却很满意

一枚黄叶飞进车窗

它在那里躺着，安宁，静谧

像一个平和的老人在藤椅上休息

不想被外界干扰

我仔细地观察它：通体透黄，纹路有力

没有季末的苍凉，莫非

它在到来之前悄悄地进行过修饰?

这个早晨，我在医院门口
等待旧病复查的父亲。不知何时
它乘秋风来，落副驾驶座上

它肯定有过不为人知的过往
肯定稚嫩过，青翠过，和风雨冲突过
它肯定知道自己有离开枝头的一天

就像我们的父亲，曾经倔强、好胜
动不动就和现实较劲
终有一天，变得比落叶还要安详

这样想着，他就来了。坐进车里
一声不响。我看不见他，我的眼睛
塞满了落叶的皱纹。

黄 梵

江苏诗人

学 者

黄　梵

父　亲

灵堂的最后一夜，我尝试着另一种交谈
我想到，风是一根电话线
一整夜，我听见父亲优雅的舞步
舞步听起来，像一朵刚洗过的云

风把手指伸进了花圈，它给我亲爱的父亲
找回穿衣戴帽的声音
我不敢咳嗽，听凭父亲把自己
打扮成一个体面的汉字

风，结结巴巴模仿父亲的口吃
它说时，我不再脸红
它说时我才发现，那是一串来自天堂的语言念珠
那一夜，我曾哽咽着反反复复地试戴啊……

2008

简 单

河南诗人
传媒工作者

简　单

回忆父亲

东风车背后，父亲的影子
模糊了整个八十年代的天空

那个夜晚，母亲回忆说
做了一个恶梦，梦到所有的牙齿
都生锈了，指头一敲
就全碎了，而我则是不停地出汗
让一张破软床，更接近于
一个网兜儿

第二天有人说父亲死了，车祸
我背靠着院子里的一棵苦楝树
呆呆地望着母亲惊落的菜筐儿……

2004. 4. 21

安琪 原名黄江嫔

福建诗人
现居北京
传媒工作者

安　琪

归之于朗诵

他们把诗种植在这个夜晚

用男声，或女声。

朗诵者，你喉咙深处的外公，外婆

和父亲！

此刻都在徐徐走来

现在我要起身迎接他们

踩着文字的脚印

把他们从死亡中接回来 ——

让我做他们年幼的孩子

重新在他们怀中成长一遍。

只要我永不出生

他们就必须一直活着，永远活着。

2012. 10. 30 北京

冯 杰

河南诗人
文学工作者

冯 杰

坟上的艾草

父亲躺在故乡大地的深处
仍在听着孩子们的读书声

我早已经流不出眼泪了
那些初发的依依杨柳　沉沉地
正一一压在我的肩头

在模糊的眼中　我只看到风
是风　风的尽头　还是风

父亲坟上默默站着的艾草啊
一棵一棵 那些温暖的艾草
一夜之间也能骤然白头
它们都高过了我的年龄

2002.11.4 乡间烧纸归来

项丽敏

安徽诗人

景区工作者

项丽敏

这多像一次美好的旅行

初夏芬芳，晨雾在山间拉开薄幕
沿途放映绿林仙影

稻田中央，种着村庄
炊烟低于池塘 ——
池塘里，荷已亭亭

我的身边坐着父亲
右肩挨着车窗，左肩靠着我的手臂

我们看着车窗外面
用轻松的语气，说着村庄里的事情

这多像一次美好的旅行，如果

父亲的身体里没有疾痛
我的背包里，没有父亲多年的病历

我将爱所有的人

我将爱所有的人
当我疼痛的父亲不再疼痛
能够像一个正常人那样使用自己的器官
能够挺直了腰行走，大声说话 ——
大声地，有力地，训斥他的每一个孩子
我将爱所有的人

我将爱所有的人
爱所有平淡安宁的日子
爱路边的每一棵无名植物 —— 不会踩踏
我知道，它们也是这世间的生命，有其精细
　的脉络

它们不会叫喊，但它们会痛

我将爱所有的人
对于那些带着伤口的，残病的，虚弱的
将更爱，更爱
我要多多地帮助他们，像帮助我的亲人
像帮助多年以后的
病老的自己

肉身如此脆弱啊
总有那么一天，我们的肉身会被疾病入驻
会衰老，直不起腰
会没有力气吐出一句清晰的话
会渐渐，渐渐，失去每一件器官原有的功能
在这之前
在我尚且有能力去爱的时候
我将爱所有的人

我将爱所有的人，并为所有人祝福
当我疼痛的父亲
不再疼痛

刘 涛

新疆诗人
文学工作者

刘　涛

家在荒原

家在荒原　世界的唯一的

牛头犁沐在偏西的风里

父亲咳嗽的背影似乎是光

一点钟，两点钟

起夜的荒原喜欢在月光下溜弯

家在荒原就像断线的风筝

父亲喜爱的一把好锹搁在柴草窝棚

有时候，风打着弯吹到种畜连、下八户

我姨家的泥瓦房离这二里半

家书、电话也拴不住越来越远的父亲

大姐、二姐、三哥都回来坐坐

暖一暖父亲的热炕头

给哧哧啦啦的黑白电视换个频道

让大侄子、二侄女去树上掏鸟窝

家在荒原是父亲的荒原

有一片杨树林、榆树林也是父亲的

童年时被我扳倒的小树已经长大

父亲掰着手指算我离家的年头

印子君

四川诗人
传媒工作者

印子君

为父亲缝裤

父亲穿了六年的短裤又破了
口子在裆的位置
从原来的线路撕开了两寸

左手握针线，右手拿裤子
我在裆上一针一针缝着
尽量让针脚走得细密，走得整齐

短裤被洗得只剩下淡淡的蓝
我缝上的每一针新线
都醒目得刺眼

有两次，针尖扎进右手食指
渗出两滴细小的血
就像从心里伸出的两个红色线头

这是我第三次缝这条短裤
每次破了父亲都不答应换
他说缝好了就是新的

只要父亲愿意，我就这么
一直为他缝下去，直到把自己
缝成父亲最贴身的一块补丁

如果买回的针线不够结实
我可以把自己磨成一枚针
我可以把自己纺成一团线

有一次，我为父亲缝补时
他说母亲已离开我们四十年
总有一天会踏着我的针脚回来

如今，父亲也不在了
我还为他保存着一条缝补过的短裤
我相信，只要针脚在，父亲也走不远

注：作者是左撇子，针线握在左手。

为父亲穿衣

父亲今天仍然坚持早起

天边没亮缝就要出门

父亲出门第一次不关心天气

窗后的竹叶剪着风声

房前的树叶抚着细雨

父亲出门第一次洗得这么干净

父亲习惯了旧衣服

补丁成了身体的一部分

而这次一下就穿上崭新的五件

父亲穿衣服从不让别人帮

偏瘫三年也是自己动手

唯独这回放心让儿女们来完成

父亲穿上这身衣服

就是天空穿上了茫茫夜色

就是大海穿上了深深静谧

父亲一生节俭

总有一些衣服舍不得穿

我就是父亲至今珍存的一件

父亲一生都在赶路

每一条赶过的路都是父亲的一条腿

无论走多远，也能原路返回

父亲第一次不提前告诉

我们都清楚父亲今天要赶路

我们都知道父亲要穿新衣服

爸啊，你走慢点，你腿脚不好

妈在那边已等你四十一年

不着急这会儿……

舒丹丹

湖南诗人
现居广州
学者、译者

舒丹丹

我父亲二十二岁时的照片

背倚栏杆，面朝朝阳，
我父亲，坐在颐和园五十年前的昆明湖边，
坐在他二十二岁的霞光里。
清俊的侧脸，干净的衣领，他的左手
不自觉地扣着右手，二十二岁的霞光
给它们染上一层金黄。

二十二岁的这个早晨，他还看不清
他往后的人生将被如何召唤。
像一片树叶，被时代的飓风吹向某个方向。
在最接近天堂的地方，投进一场隐秘的激
    情——
一代人的十二年，在青海湖畔的金银滩，
造一朵灰飞烟灭的蘑菇云。

十二年，犹如大梦一场，

他的孤寂，像青海湖的小湟鱼，噬咬着湖畔
　　的夕阳。
他是怎样得到勇气，从时代的轨道里逸出，
两手空空，重新回到他的起源地 ——
生命里有所舍，有所不舍，
我的父亲，身上流着刚硬而柔软的血液。
他采一朵高原上的山丹丹，红灿灿地
种在他女儿的名字里。

坐在他二十二岁的照片里，
我的父亲，永远年轻，永远朝气。
生命的不可思议，丝毫没有显露端倪。
唯一预告命运痕迹的，或许是那双手，
从左手到右手，十指相扣，成一个圆 ——
并不圆满，从起点回到起点。

七月二十九日夜与父母谈起后事

晚饭后，我们突然就谈起了这件事，
七十三岁的父亲，六十六岁的母亲，还有我。

多么平静，像谈起今年的暑热，

和晚饭桌上的一碟辣椒蒸茄子。

活着就像出了一趟门，目的地快到了，

父亲微笑，摁熄了电视遥控器。

空气静下来。

有些话可以同你交代了，

我死了，莫费事，就将骨灰撒在湘江河里。

我呢，母亲悠悠打着蒲扇，就撒到岳麓山上。

猝不及防里，我愕然，默然。

燠热的七月忽起北风一阵。

到湘江边上吹吹风，岳麓山里走一走，

爸爸妈妈就会看着你……

难得一次，他们的意见如此一致，

这两个是我父母的人，

他们在争执声里消磨了一辈子。

醒来在四点，窗帘染上了月光，黑暗，清透，

我在月夜里起身，拉开窗帘，

四点钟的月亮晒干我脸上的泪。

迟 云
山东诗人
出版工作者

迟 云

父亲的地堰

这是一段带有弧形的地堰
窄窄的，长长的
中间有几处用瘦小的石块垒起
像一条破旧了的裤筒缀补的补丁
地堰的两边是返青的麦苗
如一件蓝色的褂子敞开了对襟

清明时节
一场细雨淅淅沥沥
把越冬的鸟儿赶回北方的山林
潮湿的地堰生动起来
荠菜苦苦菜泛绿
解毒去火的茵陈蒿灰白
一些不知名的野草野花紧贴地面
开出一些或淡或艳的花儿

蝼蛄蚂蚁忙碌着开疆拓土
机警的野兔偶尔也站在地堰，瞭望
远处潜伏的信息

地堰的那一头是一块坟地
那里埋葬着我已经离世的父亲
从地堰的这端望过去
父亲的坟墓像被一根绳牵着

父亲曾常年在两边的田野里劳作
铧犁翻起的土地留下了一行又一行脚印
土地里生长过玉米大豆
也换茬种植过花生和地瓜
父亲曾经在地堰上歇息
左边放着尖顶的斗笠
右边放着快磨秃的锄头
吸一口劣质的纸喇叭卷烟
感觉飘散的烟雾带走了沉重

今年的麦苗长势好
我不知道地下的父亲知不知道
只觉得烟雨中有人从地堰那端走来
似曾相识的脚步和佝偻的腰身
让我禁不住一阵一阵想哭

2014. 3. 14

戴小栋

山东诗人
公务员

戴小栋

秋风谱写的哀歌

1.

深秋的湖恣肆而氤氲
把春水叫寒的蝉已了无踪影
百草凋敝，水纹无光
瑟瑟的风吹动着记忆的船儿
在湖面上若隐若现，越来越远了
或静坐于另一个秋日黄昏，茫顾四野
微闻犬吠，看鱼儿倏忽跃出水面
想宋人"晚来风定钓丝闲"的心境

但一切的移情终究是枉然
清明山水、风花雪月又怎能
掩得住丧父的大悲呢
从悲哀中逃遁还得回到悲哀
一如秋风中无奈的纸鸢

只是泪眼已换成心痛
隐隐的却揪心撕肺的痛楚
父亲，是真的走了吗

临终前剧烈跳动的眼皮
和那只一点点冷却下去的左手
已成为永远的意象
深深地镌刻在我后半生的记忆中
此刻有鸟儿凄凄地叫着从树间掠过
冬天，已开始在窗外徘徊

2.

秋日的正午最适合孤独
9月21日，异样喧嚣的都市
阳光慵懒地洒照下来
奔突的火苗正助父亲完成最后的谢幕
升腾、散落，聚集成亲人绵亘不尽的寄托
一辆黑色轿车缓缓穿越闹市，从城西北驶向
　　城南
我和小弟紧紧守护着青石匣
守护着音容笑貌依旧的六尺身躯
车子，走得再慢些
让父亲最后再看一眼生活了44年的这座城市吧

秋风谱写的哀歌
冷落了我对整座城市的印象

瓦雷里在《海滨墓园》中写道：
　"放眼眺望这神圣的宁静，该是对你沉思后
　　多美的报偿！"
城南的玉函山天蓝云白，树绿山青
山之东北隅呈巨大的怀抱。冥冥中
白鸽在静谧的松林和墓群中游荡
至亲至爱的父亲，将永远地长眠于此了

空回首，多少蓬莱旧事
父亲，当阳光和亲人散去后
陪伴您的就只有这青石匣、青石穴和青石碑了
您，会清冷孤寂吗

3.

在断魂的微雨中
忽然就看到了宿命狡黠的眼睛
其实，在生死的问题上任何人都没有回旋的
　余地
被鲜花环绕着走出医院
或者被哭声簇拥着推向太平间
全靠机缘一线牵

绵绵秋雨相思泪

夜来幽梦忽还乡

在这个不应多雨的季节里

我已记不清有多少次沿着雨的声音找寻到您

但好梦永远也不可能成真了

父亲，在您大步流星、去也匆匆的路上

我只想斩一截无声的闪电

高举着，高举着，为您照明

遗忘得越远就越接近重逢

除了墓穴上的水泥变得斑驳

一切都未曾改变：E区，42，49，戴炳勋

带我来到这个世界的人已经离开了那么久

彻骨的寒冷。虽然春光早已显现

山水亦或飞鸟依然只是它们自身，未能出现

　　转机

玉函山，苍穹下一枚巨大的钉子

十一年来一直把我牢牢钉在人性的反光
镜下
一俟清明这个不人不鬼的日子到来

反光镜瞬间变为照妖镜
自私、贪欲以及轻微的无耻毫发毕现
深度洗涤。激情降至零度后的最大弯曲

近在咫尺却遥不可及的眺望
父亲，被您遗忘得越远
我们就越接近重逢

吴投文

湖南诗人
学　者

吴投文

父亲的晚年

我模仿父亲的晚年
模仿他的老年痴呆症
模仿他对死亡的恐惧
也模仿他对死亡的抗拒
父亲在模仿生活的另一面
他模仿童年的天真
模仿青年的躁动
模仿中年的悲伤
当他突然安静下来
眼神变得非常祥和
这是他最后的妥协
他已经与死亡和解
我愿意模仿他身体里的神灵
却不能模仿他对生活的全部热爱
哦，父亲懂得保守
而我并不懂得平静之美

2016. 3. 14

蒋兴刚

浙江诗人
企业经营者

蒋兴刚

助听器

父亲配了助听器
我在想
这些无人看管的声音
一定排好队

这些无人看管的声音
是牵引着湖面的风
是牵引着大地的雨
是牵引着天空的阳光

呵，父亲啊
这些无人看管的声音
是我每天的
祝福
从今天起它们排着队
每一声都
这样干净、清晰

施施然　原名袁诗萍

河北诗人
高校工作者

施施然

银杏叶

一场冷雨过后。大地的皮肤
渐渐转黄 —— 今年的冬天
来得要早一些

天空收紧的翅膀下
飞鸟滑过的痕迹，来不及隐藏

银杏叶落在矮冬青上。细微的金光
在空中，一闪，向山那边的夕阳
作最后的告别

我挺拔的父亲
穿着军绿的呢大衣急走
在银杏叶纷飞的回家的路上

窗前张望。我代替母亲
已经很多年。他还没有回来

马嘶　原名马永林

四川诗人
企业经营者

马 嘶

挂 青

冷风徐徐地吹

它们穿过我的身体

奔向对面挂在山顶上的落日

我的这座山，与它平起平坐

偶尔给你说了些话

你好像听得见，又好像

没有听见

四野苍茫，我们两人，如同一人

我已记不太清

这样的景象，究竟是从哪一年开始的

好像去年，也好像更远

长 岛

江苏诗人
出版工作者

长 岛

游沙溪，兼怀父亲

时间在深夜中流逝了。深夜中流逝的

时间，有多少是和我们的生命联系在一起的？

许多年后，

我到了和你一样的年龄

也和你一样茫然，单薄

很多次走上沙溪的老桥

在桥头上停伫片刻

河水依然是清澈的，两厢的房屋

从水边一直蜿蜒到天上

游人从空气的每一个缝隙涌来，只有老桥

是沉默的。我只要一转身

就看见你站在那里

你也是沉默的

仿佛多年前，你带我来到沙溪

拉着我的手，在这座桥上停留

记不清我们说了什么话，玩了哪些地方

记不清你给我买了哪些好吃的食物

只记得瘦弱的你，微笑地看我的眼神

一辆老旧的单车静静地在桥头边等候

而你，和老旧的单车，和晚归的彩霞

成为我沙溪记忆之一部分

成为我生命中幸福、温暖之一部分

生命中有多少记忆在深夜流逝了，而你

是我生命的一部分，超越了时间。

2011.6.26

云亮　原名李云亮

山东诗人
公务员

云　亮

夜读家书

老家的山墙俊美

我早嫁的姑姑丰韵犹存

树探出墙头与邻家的树深谈不休

如果祖母健在，我真想连夜返回

村西晒场如镜，年年

照出家家的收成

年迈的父亲，您的来信收到

咱家的田地已经颗粒归仓

这完全在我的意料之中，只是我

一直没有勇气想象您驼着瘦小的身躯

将那么多调皮的籽粒

一步步赶回家的情形

谈雅丽
湖南诗人
公务员

谈雅丽

小春风

父亲渐白的头发越来越像春雪中的武陵山

雪越落越大 ——

就要盖住山顶，满满遮蔽我们一起度过的

青葱时光

我记得屋檐下的冰，一条小路通向田野和学校

记得父亲将六岁的我驮在背上

阳光下，我第一次发现他后脑勺上

有一根闪着白光的小春风

熬制蜂蜜的时光

和着蜂蜜熬制的黄昏

有着稠密野草花的甜香 ——

父亲的药房堆满大山田园的动植物

白术，黄檗，乌桕，忍冬，蝉衣

一条金白相间的蛇盘旋在玻璃瓶里

小煤炉的铁锅里，蜂蜜温暖地流动着

我从起泡的蜜中挑出一根糖线来品尝

父亲母亲和我，在他们老去之前

我还有很多时光陪伴他们

用熬制的蜜做一幅上好的药丸

父亲一贯啰唆，新做的药丸须得大小一致

赶在蜂蜜变冷之前

他新染的头发渗出了白丝

母亲空闲端来一碗热腾腾的芝麻茶

天下美味都要先运送进女儿的肠胃

我不是很多年前听话的少女了

我喜欢这样漫延，在小镇

许多人都不能达到人生的巅峰

许多人都留守在孤独的平淡里

我手中有药丸香，我心里也有

他山之上明日会新长了灵芝，也许是萱草

对于我们来说，这都是一味药

我们在一起，相守着，相爱着

蜂蜜中掺着苦涩的药粉，才能平和地

治愈人间的疾痛

于贵锋

甘肃诗人
企业工作者

于贵锋

父子关系

你一把抓住试图从眼前跑过去的我

捏我细细的胳膊："还行。有一点

肌肉了。"我是多么兴奋，便缠着

要和你掰手腕，用两个手掰你一个。

或者你把手捏得紧紧的，让我将手指掰开

说里面藏着好吃的东西。我挣得面红耳赤

快要放弃时，你就故意认输了。

父亲，从什么时候开始，我们再也不给对方

这样的机会。你继续在我的面前

保持着威严，但你的腰，早就在风中

弯了下来，像是一根被火挤出水分

慢慢烤弯的木棍。我们都知道，现在

我用一个手就可以将你的手压倒，可我

还没有学会在你的面前故意认输的技巧

我不知道怎样才能不伤害你的自尊

那一根弯曲的木棍，继续支撑在

某个地方，当我们的体重增加时

它吱扭扭响，但不喊疼

陈　忠

山东诗人
文学工作者

陈 忠

拆卸钟表的父亲

那个拆卸钟表的人，是我的父亲

他用一个下午的时间

漂亮地完成了破坏的仪式

然后，把拆散的零件摆放整齐

就像他曾经生活过的日子

安排得那么井然有序

接着，开始清洗，而那些拧不开的螺丝

却让他费尽了脑筋

最后，他只好拿起锤子和錾子

狠狠地砸下去

就像平日里，用他的巴掌

松动我的筋骨一样，那么的解气

我站在一边，幸灾乐祸地看着

听着他笨重的喘息

我知道，这堆残骸，会很快让父亲狼狈起来

并且，尊严扫地

我转过身去，生怕突然静下来的世界

会弹跳起螺丝的声音

多年以后，当我们不再需要钟表的摇摆

不再需要嘀嘀嗒嗒的有序声音

我突然想起了父亲；在突然静下来的世界里

父亲突然变得慈祥起来

缪立士

浙江诗人

高校工作者

缪立士

甘蔗林

那一年 甘蔗林从河谷漫向山坡。
父亲在默默地锄草，我在地头玩泥巴。

清风习习，吹着甘蔗林，吹着父亲单薄的衣裳
蓝天高悬，甘蔗在快乐地拔节长高。

我在玩泥巴，阳光像父亲粗糙的手
不时拍拍我的屁股，摸摸我的面颊。

甘蔗在快乐地拔节长高，青绿的叶子
唰啦唰啦地响。父亲的身影一点点矮下去

当我扔掉泥巴，密密麻麻的甘蔗挺立在面前

看不到父亲，我急得大哭大叫

父亲钻出甘蔗林，笑着把我抱起、把我哄乖

他又一次走入甘蔗林，青绿的叶子很快淹没

　了他

任凭我怎么喊叫，也没有看见他扛着锄头

默默地或苦笑着归来。甘蔗林一如往昔唰啦

　啦地响

第广龙

陕西诗人
企业工作者

第广龙

病中的父亲

那一年，父亲大病一场

活着的父亲，内部已开始腐败

包括一辈子的木工手艺和体力劳动

剩余的热发散着，却高烧不退

丹参，生理盐水，试图改变

父亲额头上，那加重的暗色

只是带来了更深的阴影

也向着我蔓延，向着我的出生

在皮肤的任何一处，我轻轻按一下

都出现一个明显的窝窝

长时间不能复原，塌陷的还有我的骨头

我和父亲的联系，变得真实又虚幻

睡在炕上的父亲，已深度昏迷

偶尔说胡话，间歇呻吟

对耳朵边的声响没有反应，走了一千里路

我悄声进来，父亲的眼睛，微微睁开

父亲说：我打你呢

我知道父亲责怪我，用回光返照的片刻清醒

哥说，秋天，父亲还能坐起来

就念叨你，坐门口，总往大门方向看

我无言，揪住头发

疼痛无法互换，我的三十五岁不能给父亲

　　归还

父亲爱喝茶，我说买好茶叶给你喝

父亲说不要，我又说把单位发的雨衣

改成一个提包，父亲曾这么希望过

父亲说不要，似乎知道来日无多

似乎已不再有世上的需求

我说那给你买好药，治病

父亲说对，父亲说能成

一个垂死的人，渴望着生的继续

保持着意识里必然的选项

可是，这样的药已经找不下了

中药，西药，做法事，都不会出现奇迹

我随着父亲，处于悬浮状态，处于下沉状态

父亲已不能进食了，靠输液维持着最后一点
　气息

橘瓣在唇，婴儿般吮吸，甚至贪婪

我用温水，给父亲洗脸，擦身，一天几次

这样会舒服一些，即使父亲的感官

已不能感知，即使父亲会突然离去

即使我有了充足的心理准备

我也明白，我挽救不了父亲

我只是在尽一个儿子的还没有用完的孝心

我只是把父亲不多的时光，在想象里延长

胡翠南

福建诗人
自由撰稿人

胡翠南

花

大雨在伞的外面

形成栅栏

一大片移动的栅栏

雨水

在屋角和地面

在脚背上开出花来

我在栅栏里走动

走到哪里，花就开到哪里

现在我来到父亲长眠的地方

为他带来了一个花篮

编后记

　　事感于心，情动于衷，是写出好诗的前提。

　　写给母亲的诗，又怎能不事感于心、情动于衷？读了这些优秀诗人写给母亲的诗，就体味到了他们那颗质朴的心、那片深厚的情。

　　作者大都为人父母了，以父母之心写父母，生活的纽带紧紧相连。肥沃的土地上麦浪金黄，盐碱之地也会长出洁白的棉花。理解了生活的全部，才能理解人生。人邻有这样的诗句：真的，我知道，幸福一定是稍稍带着一点儿贫穷的。

　　许多诗我读着读着泪水夺眶而出。夜深人静的时候，读这些诗，仿佛诗人就坐在我的面前，娓娓道来，往事难以忘却。

　　真情往往是朴素的，虚假往往是花哨的。朴素的力量最为强大。大道至简，读了这些诗，或可加深对艺术真谛的理解。

　　在诗歌出版并不容易的今天，感谢诗人朋友们以诚相待！感谢你们的支持！感谢你们爱的表达！

　　不想再多说什么了。

　　读诗吧。

吴　兵

2017.1.9 于济南